BAUDEMENT

DE LA BIBLIOTHÈQUE NATIONALE

PAR

Julien TRAVERS

SECRÉTAIRE DE L'ACADÉMIE DES SCIENCES, ARTS ET
BELLES-LETTRES DE CAEN

CAEN

IMPRIMERIE DE F. LE BLANC-HARDEL

RUE FROIDE, 2 ET 4

—

1875

Extrait des Mémoires de l'Académie des Sciences, Arts et Belles-Lettres de Caen.

BAUDEMENT,

DE LA BIBLIOTHÈQUE NATIONALE.

I.

Notre siècle d'égoïsme, où la plupart des actions n'ont que l'intérêt pour mobile, a vu naître un petit nombre d'hommes désintéressés qui, se vouant aux lettres, ne leur ont demandé que les pures jouissances du cœur et de l'esprit, et n'ont éprouvé jamais que les nobles passions qu'elles inspirent : l'ardeur inextinguible de connaître, l'inébranlable amour du devoir, le dévouement sans bornes à l'amitié.

Baudement fut un de ces hommes qui, ennemis jurés de l'intrigue, obtinrent un modique salaire de leurs travaux, en vécurent modestement et se trouvèrent heureux au milieu des livres. On le vit toujours accorder son aide à ceux qui, partageant ses goûts, recouraient à ses lumières pour rechercher et consulter les sources de l'érudition.

L'érudition n'est pas et ne procure pas le génie, mais elle alimente les intelligences distinguées, et leur donne une étendue que, sans elle, elles n'auraient pu jamais atteindre. De bonne heure, Baudement fut curieux d'idées et de faits, et son investigation se dirigea vers les parties cachées comme vers les parties saillantes du domaine immense de l'histoire , de la philosophie et des belles-lettres.

Un jour vint , au beau milieu de sa carrière , où , effrayé des richesses entassées de l'esprit humain , il concentra plus particulièrement son attention sur un auteur de second ordre comme écrivain , de premier ordre comme érudit. Étonné du savoir de Pierre-Daniel Huet , il lui voua une sorte de culte qui s'explique uniquement par les tendances natives de l'adorateur. Huet, versé dans toutes les sciences, dans toutes les lettres sacrées et profanes , mathématicien , physicien , philologue , philosophe , historien , poète , couvrant de notes les marges de ses livres des genres les plus opposés , les marges d'un Père de l'Église ou celles d'un Rabelais, écrivant des milliers de lettres d'une écriture très-fine, très-serrée, qui rempliraient plus de volumes que les correspondances réunies de Bossuet , de Fénelon , de Mme de Sévigné et de Voltaire ; Huet , à la tête encyclopédique, « homme universel, » a dit le philosophe de Ferney , « triple bibliothèque vivante, *bibliotheca viva triplex*, » écrivait l'abbé Faydit, dans des vers latins en l'honneur de Santeuil (1), Huet fascina Baudement. Baudement, sous le charme, se mit en

____

(1) Dans une lettre du P. Martin à Huet (21 février 1699), il s'exprime ainsi : « L'abbé Faydit, dans des vers qu'il a faits pour honorer la mémoire de M. de Santeuil, parlant de Votre Grandeur, vous y qualifie de *bibliotheca viva triplex*, à cause qu'Elle possède parfaitement les langues hébraïque, grecque et latine ; mais Elle en sçait bien d'autres, quoique étrangères, puisqu'Elle sçait si bien la langue des anciens Saxons, comme il paraît par l'étymologie de tant de vieux mots que vous reconnoissez venir du saxon. »

quête des moindres lignes échappées à son écrivain favori, et toute sa vie il fut en veine de décou-
vertes.

Nul n'en sera surpris. On sait, en effet, que
l'évêque d'Avranches s'était retiré chez les Jésuites,
à Paris, et qu'il leur avait légué sa riche bibliothèque ; on sait aussi que, à l'époque où ils furent
expulsés de France, la bibliothèque de Huet entra
en partie à la bibliothèque du Roi, et fut, par une
cause quelconque, en partie dispersée (1). Beaucoup de volumes passèrent chez les bibliophiles,
près desquels ils sont encore en honneur. Dans les
enchères, leur valeur s'accroît toujours à raison
de leur provenance. La passion de Baudement pour
Huet et pour tout ce qui lui avait appartenu lui a
fait longtemps suivre les ventes dont les catalogues
annonçaient des livres aux armes de Huet, ou des

(1) Voici comment Baudement parle de cette bibliothèque, au
début de son opuscule sur les Rabelais de Huet :

« On sait que le savant Huet avait légué sa bibliothèque, une des
» plus belles de son temps, à la maison professe des Jésuites de Paris,
» chez lesquels il passa, travaillant sans cesse et produisant jusqu'à
» la fin, les dernières années de sa longue et illustre vie. Cette
» riche collection de livres allait être vendue et dispersée en 1765,
» avec les biens des Jésuites bannis de France, lorsqu'un arrêt du
» Parlement en ordonna la restitution à l'héritier du donateur ; et,
» par suite de conventions, plus ou moins bien exécutées, entre
» l'État et cet héritier, elle entra presque tout entière à la Biblio-
» thèque du Roi. La plupart de ces livres, déjà précieux par eux-
» mêmes pour le choix des éditions et la beauté des exemplaires, le
» sont encore davantage à cause des annotations que le possesseur
» y avait faites avec une sûreté d'érudition et une patience on peut
» dire admirables. »

livres sans armes qui avaient fait partie de sa collection. Il s'en était procuré plus de quatre-vingts. De
toutes parts aussi il avait recherché ses manuscrits,
ses notes et notules, ses lettres ; il avait tout copié
avec un scrupule que l'on concevrait mieux s'il
s'agissait des œuvres du génie. Or, Huet le savant,
Huet l'érudit, était loin d'être un homme de génie.
Doué d'une prodigieuse mémoire, il retenait à peu
près tout ce qu'il lisait, et il lisait beaucoup, travaillait sans relâche, voyait le monde cependant,
faisait de petits vers aux grandes dames, était en
relation avec les beaux esprits, et manquait souvent
de goût dans l'appréciation des chefs-d'œuvre de
ses illustres contemporains. Souple avec les puis-
sants, dur, très-dur avec ses redevanciers, il
donnait sans cesse des ordres de poursuite, rusait
avec art dans ses procès, et de loin dirigeait avec une
inquiétude intéréssée son neveu de Charsigné dans
la gestion de ses affaires privées.

Baudement, qui a copié tant de lettres de Huet,
n'en est pas moins resté son admirateur, confondu
qu'il était de l'étendue de ses connaissances, de
l'immensité de son érudition. C'étaient des analogies
de goût, des affinités d'esprit que nous comprenons
à certain degré et qui, sous l'influence de nos con-
seils franchement donnés dans des conversations
intimes, ont valu à la Bibliothèque publique et à
l'Académie de Caen des legs précieux dont nous ne
tarderons pas à faire connaître l'importance. Nous
ne voulons aujourd'hui que communiquer aux con-
frères et amis de Baudement ce que nous savons
de sa vie, et ce que nous en savons, nous l'avons

appris d'un écrivain du plus grand talent, de l'un des premiers critiques de notre époque, qui l'a connu enfant, l'a suivi dans toute sa carrière, et, répondant gracieusement à notre appel, nous a transmis, sous le titre de *notes* qu'il a dictées, une biographie que nous n'allons guère que transcrire. Nous nous associons à tous ses jugements, qu'il nous eût été impossible d'exprimer avec une telle sûreté de goût et parfois une telle élégance.

II.

Charles-Étienne-Théophile Baudement, naquit à Paris, le 26 juillet 1808. Après de bonnes études au collége Sainte-Barbe-Nicolle, dont son excellent père était l'économe, Baudement pensa d'abord à faire son droit. Une lettre d'un de ses camarades, trouvée dans ses papiers, donne la date de cette intention : c'était en 1826. Le camarade consulté par lui sur les professeurs de première année qu'il suivrait avec le plus de fruit, lui conseille MM. Du Caurroy et Duranton, tout en lui disant que, de tous les professeurs, le meilleur c'est le travail personnel. Ce ne fut chez Baudement qu'une velléité passagère; peut-être aussi le désir de n'être pas à charge à sa famille le détermina-t-il à prendre tout de suite une profession qui lui permît de se suffire à lui-même : il donna des leçons. C'est de toutes les professions la première venue pour un jeune homme sans fortune, qui a fait de bonnes études. Il songea aussi à écrire : il fit quelques articles; mais comme ils n'étaient pas signés d'un nom connu, l'entrepreneur de publicité auquel il s'adressa, se garda bien de les lire et les lui rendit avec les regrets de civilité d'usage.

On le trouve, en 1832, enseignant le français d'après la méthode Gallien. Il savait assez bien le latin pour en donner d'excellentes leçons, et il en donna quelque temps en effet, au grand profit de ses élèves. Pendant quelques années, il fut l'instituteur du neveu de l'abbé Sieyès, et bientôt, grâce à toutes ses qualités de commerce, il devint l'ami de la famille, et il assista en témoin curieux, mais discret, au dernières années durant lesquelles s'éteignit, dans le silence, l'homme dont on avait dit, quarante années auparavant, que son silence était une calamité publique.

Baudement eut un moment la bonne fortune d'être le secrétaire d'Augustin Thierry. Si la place était difficile par la stricte ponctualité qu'exigeait de son secrétaire l'illustre aveugle, par l'obligation de passer des heures entières, la plume en suspens, à écrire, pour les effacer, deux ou trois phrases, et quelquefois une seule; en revanche il prenait auprès d'un maître de l'art des leçons de goût, de méthode et de style, qui contribuèrent à faire de lui un juge excellent des choses de l'esprit, et, quand il le voulut, un bon écrivain. Le service étant devenu trop pénible, il finit par le quitter; mais il était resté en si bons termes avec Augustin Thierry, que son successeur étant tombé malade, il fut affectueusement prié de venir reprendre pour quelques jours son ancien poste, et il le reprit avec empressement : c'était en 1835.

La même année, le plus ancien comme le plus

cher de ses amis, M. Désiré Nisard, entreprit la publication si populaire de tous les auteurs latins, traduits en français. L'idée de cette œuvre immense était de mettre, à peu de frais, aux mains des professeurs des instruments de travail. Quel que fût le dévouement de M. Nisard aux études classiques, nous croyons savoir qu'il n'eût jamais pensé à une publication qui ne demandait pas moins de dix ans, et qui devait remplir vingt-sept volumes grand in-8°, s'il n'avait eu, à côté de lui, et pour partager le fardeau, son ami Baudement. Ne craignons pas de le dire : si ce grand et utile travail a fait quelque honneur à l'auteur de l'*Histoire de la littérature française*, il est le premier à en rapporter une bonne part à l'auxiliaire dévoué qui lui permit d'exécuter ce qu'il avait conçu.

Outre des parties considérables de *Cicéron*, de *César* et d'*Ovide*, Baudement a traduit en entier *Tibulle*, *Valère-Maxime* et *Florus;* écrit, entre autres travaux accessoires, les remarquables vies qui sont en tête du César et du Cicéron ; traduit l'énorme volume de près de neuf cents pages qui contient Suétone, et les écrivains de l'*Histoire Auguste*. Sa version exacte et élégante a presque mis en lumière *Frontin*, *Modestus*, *Censorinus*, *Publius Syrus*, *Julius Obsequens*, ces auteurs, un peu négligés, auxquels il n'a pas donné moins de soins qu'aux modèles de la latinité classique.

On a pu critiquer, sur quelques points, la vaste *Collection des auteurs latins*, se plaindre de fautes d'impression qu'il eût été charitable de ne pas mettre à la charge des éditeurs, noter dans une bibliothèque

de vingt-sept volumes de traductions quelques faux
sens, qui ne sont souvent pour celui qui les dénonce
que des sens différents de ceux qu'il préfère ; on a
pu, à mettre les choses au pis, y dénicher quelques
contre-sens : — ce que nous ne craignons pas d'af-
firmer, c'est que, de toutes les parties de la collection,
aucune n'offre moins de prise à cet égard que celle
qui est due à la collaboration de Baudement.

Quand on a énuméré ce qu'il a signé de son nom,
l'on n'a pas encore une idée complète de cette
collaboration. Il reste bon nombre de traductions
anciennes qu'il a nettoyées des *infidélités* que se per-
mettaient les traducteurs des deux derniers siècles,
et qu'il a véritablement revues et corrigées de façon
à les rapprocher du type plus sévère qu'on s'est
fait dans notre siècle de l'art de traduire. Il reste
surtout sa part dans ce qui était proprement le travail du directeur de l'œuvre, M. Nisard : il reste la ré-
vision générale, la lecture critique des textes, deux
choses où le concours de Baudement a été si constant
et si efficace. M. Nisard y faisait sans cesse un appel
qui était toujours entendu. Nous avons sous les yeux
une lettre où ce dernier, qui se plaignait dès lors
d'un trouble de la vue, et de « l'outil qui se casse,
dit-il, dans les mains de l'ouvrier, » appelle son
collaborateur à son aide, et lui donne, entre autres
noms de tendre amitié, ceux de « mon œil, ma
main. » Dans une autre lettre, parlant encore de
ses yeux de plus en plus troublés et fatigués :
« Heureusement, lui dit-il, il me reste les tiens. »

C'est en 1845 que M. de Salvandy, alors ministre
de l'instruction publique, nomma Baudement aux

fonctions de bibliothécaire à la Mazarine. Il y passa, de 1845 à 1853, huit années qu'il appelait les plus douces de sa vie. En 1853, on eut besoin de sa modeste place et de son logement pour l'écrivain de tant d'ouvrages aimables, M. Jules Sandeau. On donna en échange à Baudement la place de bibliothécaire à la bibliothèque impériale. Hiérarchiquement, c'était un avancement : le traitement de la nouvelle place était plus élevé ; mais pour un homme sans ambition un avancement qui n'est pas désiré est en réalité une disgrâce. Baudement était heureux à la Mazarine ; il y rendait des services, et il y avait du loisir pour ses études personnelles. Il fut vivement contrarié, mais il ne réclama point ; et quand il eut pris place au bureau de distribution de la bibliothèque impériale, nul ne s'aperçut que, au lieu du service très-doux qu'il avait à faire à la Mazarine, on venait de le charger de l'un des emplois les plus pénibles et les plus assujétissants. Le sentiment du devoir lui fit prendre tout de suite son parti, et, après quelques regrets donnés à la tranquille retraite du palais Mazarin, il se mit sans réserve à la disposition des nombreux et souvent difficiles lecteurs de la rue Richelieu. Son zèle, son assiduité, son obligeance, lui eurent bientôt conquis, avec l'estime du public, la considération affectueuse et bientôt l'amitié de ses nouveaux collègues.

C'est à ce poste qu'il était encore, il y a peu de mois.

Depuis longtemps déjà ses amis l'engageaient à surveiller les symptômes d'un changement sensible survenu dans sa santé. Un congé pris à temps aurait pu arrêter le mal. Baudement ne voulut pas le demander, et il n'a quitté la bibliothèque que pour prendre le lit où il devait mourir.

C'était un de ces hommes dont on dit qu'ils ont le caractère antique, pour signifier qu'ils ont toutes les vertus qu'on prête aux hommes d'autrefois, sans aucun des défauts des hommes du temps présent. Sévère pour lui-même et indulgent pour les autres; très-arrêté dans ses opinions, mais très-tolérant; ayant des croyances politiques d'autant plus solides, qu'il y entrait à la fois un tendre respect pour la mémoire de son père, du devoir, du raisonnement, du sen-timent, et qu'elles étaient pures de tout intérêt, il honorait dans ses amis les croyances opposées, et ce ne sont pas ceux qui ont été le plus loin de ses opinions politiques qu'il a le moins aimés. Toujours prêt à obliger, mettant son vaste savoir, et jusqu'à ses propres travaux, au service de quiconque en avait besoin; bon de cette bonté de tous les jours qui se montre plus par les actes que par les paroles; doux aux petits, charitable aux pauvres; il s'était fait tant d'amis, même parmi les inconnus, que le jour où des bruits inquiétants se répandirent sur sa santé, il fut étonné du nombre des personnes qu'amenait à sa porte ou dans sa chambre de malade le besoin d'avoir de ses nouvelles. Il en était heureux, il y prenait du courage et de l'espoir, et il est mort, doucement occupé de cet empressement si affectueux et de la récompense que recevait sous cette forme sa belle et bienfaisante vie.

Retenu, et, par moments découragé par son

extrême modestie et par la sévérité de son goût,
Baudement n'a pas laissé d'ouvrage original. Cependant il possédait plusieurs des qualités de l'écrivain :
il savait la langue, et, ce qui est inséparable du
vrai savoir en ce genre, il la sentait ; il avait
beaucoup d'esprit, de la finesse, du trait ; il haïssait
la phrase ; c'est trop peu dire, il l'ignorait. Enfin
les sujets ne lui ont pas manqué. Son penchant l'entraînait vers les sujets d'érudition. Je ne sache pas un
érudit qui ait porté plus loin l'esprit de recherches,
la patience, l'exactitude, la méthode, la connaissance
et je dirai presque la divination des sources. Ce
sont là des qualités éminentes, ou plutôt des dons,
pour les œuvres d'érudition.

Mais il avait, par contre, les défauts de ces qualités. Il ne se croyait jamais assez armé pour commencer le vrai travail, le travail de la rédaction ;
il prenait trop de plaisir aux préliminaires. Sa
conscience même lui était un piége : il se refusait le
droit de juger tant qu'une pièce manquait ou lui
semblait manquer à l'affaire. C'est ainsi que les
lettres françaises et la fine érudition auront perdu un
livre sur le savant et ingénieux évêque d'Avranches,
Huet. A voir les matériaux que Baudement en a
laissés, rangés dans un ordre si parfait, chacun à
la partie de l'édifice à laquelle il appartenait, les
divisions tracées d'avance, les têtes de chapitres
si engageantes, on peut juger de ce qu'eût été un
pareil livre, et l'on ne se console pas qu'il soit resté
à l'état d'ébauche.

Dirai-je que, pour apprécier Huet, Baudement
avait quelques-unes des qualités de Huet : sa curiosité,

son exactitude, son esprit d'ordre, et même quelque
peu de l'ingénieuse subtilité dont ne se défendait
pas l'aimable ami des Précieuses.

C'est au moment où Baudement, pressé par ses
amis, allait enfin se décider, et taillait sa plume
pour commencer la rédaction, qu'éclata la guerre
avec l'Allemagne. Son patriotisme ardent et doulou-
reux ne pouvait pas s'accommoder désormais d'une
occupation qui ressemblât à un plaisir, ni se per-
mettre une distraction, même d'un genre si honnête,
dans les épreuves de son pays. Il laissa Huet pour
un sujet de travail plus en harmonie avec l'état de
son esprit. Tout en remplissant ses devoirs de citoyen
en homme qui aurait plutôt fait celui des autres
que manqué au sien, l'idée lui était venue de recueil-
lir, jour par jour, tous les faits, tous les dires
émanés de l'Allemagne, à l'occasion et dans le cours
de cette guerre, et qu'il jugeait de nature à nous
faire voir son fond à l'égard de la France. Il y
travaillait sans relâche dans les courts loisirs que lui
laissaient ses différents services, et la nuit, quand il
n'avait de loisirs que la nuit. Il reproduisait les
documents dans toute leur teneur, sans les apprécier;
il enregistrait, indiquait la source, marquait la
date, rangeait et ordonnait tout, comme pour Huet,
mais d'une main plus d'une fois tremblante, sous
l'étreinte de ses angoisses patriotiques. Ses matériaux rassemblés, il se proposait d'en faire un livre
qui aidât une génération oublieuse à se souvenir.

A la fin de l'année 1873, se trouvant dans cet état
de plénitude, si bien décrit par Buffon, où prendre
la plume devient un besoin, et le travail même de

la rédaction un soulagement, il se mit à l'œuvre
résolument et du même cœur dont il allait au rem-
part dans le temps du siége.

Déjà quelques chapitres du livre étaient écrits.
Les premiers troubles de sa santé l'avaient ralenti
sans l'arrêter ; un mois avant de mourir il y travaillait encore. Ce qu'il en a lu à ses amis a été une
révélation. On le savait bon écrivain ; on pouvait
croire, sans lui faire tort, qu'il n'était pas de cette
élite qui écrit avec originalité dans la langue de la
tradition. Si la mort ne lui eût pas fait tomber la
plume des mains, ce livre sur l'Allemagne l'eût
placé dans cette élite. C'était, il faut bien le dire,
un pamphlet ; il ne se le dissimulait pas ; « mais, di-
sait-il, la vérité et la justice ont quelquefois besoin
du pamphlet. La *Ménippée* a été d'abord un pamphlet
contre les Espagnols ; l'histoire n'y voit aujourd'hui
qu'un livre vrai, écrit par d'honnêtes gens. » On
aurait dit du sien : « C'est un livre inspiré par une
de ces haines qui ne sont que la colère de la justice. » Verve, esprit, ironie ardente, style sobre et
expressif, traits éloquents, rien ne manque à ces
pages vengeresses.

Baudement a été un de ces écrivains qui se
forment lentement, qui n'ont toute leur valeur que
sur le tard. A la différence de ceux qui prennent
leur essor dès la jeunesse, au risque de mettre dans
leurs œuvres, à côté de l'inspiration native et des
qualités de don, bien des choses qui leur sont ve-
nues du tour d'esprit du moment, et qui, ce moment
passé, vieillissent et se fanent, l'écrivain tardif
échappe à l'imitation, à la mode, et emploie un

esprit qui s'est longtemps étudié et cultivé, à écrire des pages solides, marquées de son cachet. Par malheur pour la mémoire de l'homme distingué dont nous parlons, ses amis seuls savent combien est vrai ce jugement des pages, en trop petit nombre, qu'il a laissées. Il faut que le public les en croie sur parole jusqu'au jour prochain, espérons-le, où la publication de ces fragments de son œuvre principale témoignera que leurs sentiments pour l'homme ne leur ont pas fait illusion sur le talent de l'écrivain.

III.

A tout ce qui précède, à ces jugements auxquels je m'associe sans réserve, j'ajouterai, après des informations prises à une source sûre, à une lettre de l'exécuteur testamentaire, M. Pierre-Xavier Corneille, l'un des conservateurs de la bibliothèque de la Sorbonne, lettre à la date du 14 janvier 1875, j'ajouterai, dis-je, qu'il ne faut pas compter sur la publication des pages écrites contre les Allemands. Elles sont trop peu nombreuses et n'auraient plus d'à-propos. L'opportunité des pamphlets a son jour, après lequel ils ne sont accueillis que par l'indifférence.

Parmi les autres manuscrits étrangers à Huet, on a trouvé un carton plein de notes sur Turnèbe. Baudement avait transcrit tout ce qu'il avait rencontré dans ses lectures sur le Collége de France, sur quelques contemporains de Turnèbe et sur Turnèbe lui-même, et son travail sur le célèbre traducteur

et commentateur des anciens est resté à l'état de
projet.

Deux cartons sont pleins de notes sur la Nor-
mandie. Il les écrivait pendant ses voyages dans
notre belle province dont il aimait les monuments,
les paysages, les rivages et les habitants. Pleines de
détails intimes, ces notes doivent nécessairement
rester dans la famille.

On en a d'autres qui ne pouvaient servir qu'à celui
qui les recueillait, et qui témoignent d'un procédé
malheureux du moment qu'on ne doit vivre qu'une
vie d'homme. Quand une idée souriait à Baudement,
elle s'emparait de lui, et dans son premier feu, il se
mettait en quête de matériaux, copiait tout ce qui
était relatif au sujet qui l'occupait, ne connaissait
pas de bornes, et sentait son feu s'éteindre à l'heure
de la composition ; las d'une tension excessive, il
remettait l'œuvre à un autre temps, saisissant toute-
fois l'occasion, quand elle se présentait, d'ajouter à
la richesse de ses cartons.

Nous savons que Baudement fit des vers, beaucoup
de vers, de 1828 à 1832. Il les appelait ses péchés
de jeunesse, et, plus sage que tant d'autres, il
ne voulut pas qu'ils vissent le jour : ils ne le verront
jamais.

Bien qu'il hésitât trop à s'approcher de son idole
qu'il craignait toujours de ne pas mettre sur un
piédestal assez haut, Baudement commença ses
travaux sur Huet par une plaquette de 64 pages,
intitulée *Les Rabelais de Huet*, et imprimée par
D. Jouaust pour l'Académie des bibliophiles, en
septembre 1867. Cet opuscule, qui aurait fait

l'admiration des érudits au XVIIe siècle, n'a pas été remarqué dans celui-ci ; mais les connaisseurs, les lettrés de goût n'ont pas manqué d'assigner un rang distingué à l'auteur de ce tout petit livre où le savoir étendu de Huet est apprécié par une érudition supérieure, et d'une plume moins lourde, plus fine, plus élégante que celle du savant évêque.

Trois ans après, Baudement, avec qui mes liens d'amitié se resserraient de jour en jour par des services réciproques et par notre confraternité académique, me donna pour nos Mémoires de 1870, 36 pages in-8° qu'il fit tirer à part, au nombre de cent exemplaires. Cette brochure est intitulée : *Les églogues de Huet, mises du latin en français par lui-même.* Ses pages d'introduction montrent dans Baudement un critique très-instruit du fond et très-soucieux de la forme. Malheureusement la guerre n'a pas permis de continuer ces morceaux variés sur Huet qui nous étaient promis pour nos Mémoires, et qui sont à jamais perdus, puisque celui qui les méditait a cessé de vivre.

Outre les traductions ci-dessus mentionnées comme appartenant à la collection des *Classiques latins*, publiés par M. Nisard, nous citerons les articles suivants que Baudement a donnés à divers recueils :

Pertinax, — *Pline-l'Ancien*, — *Pline-le-Jeune*, — *Plutarque*, — *Properce*, — *Quinte-Curce*, — *Silius Italicus*, dans le *Dictionnaire de la conversation et de la lecture* ;

Un article sur le *Lucain*, le *Silius Italicus* et le *Claudien* de la *Collection Nisard*, dans le *Journal de l'instruction publique* du 26 mars 1838; un autre sur le *Cours d'éloquence latine* de M. Nisard, au Collége de France, dans *le même Journal*, n° du 12 juillet 1845 ; — un autre sur un fragment de *Nicolas de Damas* (*Vie de César*), traduit par M. A. D. (Alfred Didot), *même Journal*, n° du 7 septembre 1850 ;

Un article sur *Érasme, sa vie et ses écrits*, par M. Nisard, dans *La Législature*, journal des deux chambres, n° du 4 février 1843 ;

Un article sur le livre de M. Nisard : *Études sur la Renaissance*, dans l'*Athenæum* du 3 mai 1856 ;

Un article sur la *Guerre des Gaules*, de *César*, traduite par Ch. Louandre, dans la *Revue contemporaine* du 15 octobre 1856 ;

Les mots *Abrégé*, — *Apologue*, dans le *Complément de l'Encyclopédie moderne ;*

Un grand article sur notre réimpression des *Diverses poésies de Jean Vauquelin de La Fresnaie*, — dans *Le bulletin du bibliophile*, année 1870-1871, p. 71 et suiv.

Tous ces morceaux épars ne constituent pas une œuvre, nous le savons ; mais, en y regardant de près et sans prévention aucune, ils valent mieux que bien des livres accueillis par la faveur publique, et ils se lisent avec plus de fruit. De bons critiques ne demandent qu'une page pour apprécier le style d'un auteur. Baudement en a d'excellentes, qui lui assurent le suffrage des juges les plus compétents, des censeurs les plus difficiles.

L'estime croîtrait encore si l'on connaissait sa correspondance. Ce n'est pas seulement de l'esprit, c'est du naturel, c'est de l'enjouement, c'est de l'abnégation, c'est du cœur. Nous avons sous les yeux

beaucoup de ses lettres, nous en avons reçu nous-
même un certain nombre. Écrites au courant de la
plume, elles ont tout le mérite de l'abandon, et
chaque fois que nous les revoyons, leur lecture re-
nouvelle un charme qui ajoute à nos regrets.